KB048523

깊어지길 바라는 자,
한 달에 한 권은 꼭 읽으라.

월간구독 QR코드

함께 읽어요.

「월간 내로라」 시리즈는

처음부터 끝까지 단숨에 읽을 수 있는

단편 소설을 소개합니다.

굿맨 브라운 Young Goodman Brown

"Time flies over us,

but leaves its shadow behind."

-Nathaniel Hawthorne

"시간은 소리 없이 빠르게 스쳐 간다.

그리고 진한 그림자를 남긴다."

— 나다니엘 호손

Young Goodman Brown

Nathaniel Hawthorne

제 1 장

가여운 나의 신념!

Poor little faith!

Young Goodman Brown came forth at sunset, into the street of Salem village, but put his head back, after crossing the threshold, to exchange a parting kiss with his young wife. And Faith, as the wife was aptly named, thrust her own pretty head into the street, letting the wind play with the pink ribbons of her cap, while she called to Goodman Brown.

"Dearest heart," whispered she, softly and rather sadly, when her lips were close to his ear,

세일럼의 해가 넘어갈 즈음 젊은 굿맨 브라운은 거리로 발을 내디뎠다. 도저히 발걸음이 떨어지지 않자 그는 몸을 돌려 아내에게 다시 한번 입을 맞췄다. 그가 '신념'이라 부르는 여인이었다. 맞닿은 입술이 기울어지며 신념의 아름다운 얼굴이 거리로 나왔고, 차가운 바깥바람에 무방비하게 노출된 모자의 분홍빛 리본이 나풀거렸다. 신념은 굿맨 브라운의 귓가에 입술을 바짝 붙이고는 슬픈 목소리로 부드럽게 속삭였다.

"사랑하는 여보. 그 여정을 꼭 지금 가야 하나요? 해가 뜬 다음으로 미루면 좋겠어요. 오늘 밤은 당신의 침대로

"pr'y thee, put off your journey until sunrise, and sleep in your own bed to-night. A lone woman is troubled with such dreams and such thoughts, that she's afeard of herself, sometimes. Pray, tarry with me this night, dear husband, of all nights in the year!"

"My love and my Faith," replied young Goodman Brown, "of all nights in the year, this one night must I tarry away from thee. My journey, as thou callest it, forth and back again, must needs be done 'twixt now and sunrise. What, my sweet, pretty wife, dost thou doubt me already, and we but three months married!"

"Then God bless you!" said Faith, with the pink ribbons, "and may you find all well, when you come back."

"Amen!" cried Goodman Brown. "Say thy prayers, dear Faith, and go to bed at dusk, and no harm will

돌아가 푹 자도록 하고요. 오늘 혼자 남겨지게 되면 불길한 꿈과 이상한 상상에 시달릴 것 같은 예감이 들어요. 여자의 촉은 정확하답니다. 스스로가 두려워질 정도로요. 그러니 여보. 오늘 밤만큼은 저와 함께 있어 줘요. 이렇게 부탁할게요. 일 년이면 삼백예순다섯 번의 밤이 찾아오는데, 딱 오늘 하루만 함께 있어 줄 수는 없나요?"

"사랑하는 나의 신념. 일 년 삼백예순다섯 번의 밤중에서 딱 오늘 하루만큼은 그럴 수가 없어. 당신이 여정이라고 부른 그 일을 나는 오늘 꼭 시작해야만 하거든. 동이 틀 때까지 꼭 끝마쳐야 하는 일이야. 하지만 걱정하지는 마. 아침이 올 때까지는 돌아올 테니까 말이야. 아니, 설마. 우리가 결혼한 지 고작 석 달 되었을 뿐인데 벌써 나를 의심하는 거야?"

"그렇게까지 말씀하시니 보내드릴 수밖에 없겠네요. 기도할게요, 무사히 돌아오실 때까지 신께서 당신과 함께하시기를."

"그래. 나도 신께서 나와 함께 하시길 바라. 그럼 나의 신념. 기도하고 바로 잠자리에 들도록 해. 그러면 나쁜 일

come to thee."

So they parted; and the young man pursued his way, until, being about to turn the corner by the meeting-house, he looked back and saw the head of Faith still peeping after him, with a melancholy air, in spite of her pink ribbons.

"Poor little Faith!" thought he, for his heart smote him. "What a wretch am I, to leave her on such an errand! She talks of dreams, too. Methought, as she spoke, there was trouble in her face, as if a dream had warned her what work is to be done to-night. But, no, no! 'twould kill her to think it. Well; she's a blessed angel on earth; and after this one night, I'll cling to her skirts and follow her to Heaven."

With this excellent resolve for the future, Goodman Brown felt himself justified in making more haste on his present evil purpose.

은 하나도 일어나지 않을 테니까 말이야.”

작별 인사를 하고 곧장 앞을 향해 걷던 굿맨 브라운은
교회 앞에서 모퉁이를 돌기 전에 뒤를 돌아보았다. 여전
히 같은 자리를 지키는 신념의 얼굴에는 걱정과 근심이 그
득했다. 휘날리는 분홍빛 리본과 그늘진 표정을 보자니
양심이 쿡쿡 쑤셔왔다.

“가여운 나의 신념. 고작 이따위 일로 신념을 떼어놓다
니, 난 진짜 한심한 놈이야. 꿈 이야기는 또 뭐였지? 엄청
심각한 표정이었잖아. 내가 지금 어디로 향하는지 꿈에서
보기라도 한 것 같았어. 하지만 그럴 리가 없잖아? 실제로
알았다면 신념은 충격에 쓰러지고 말았을 거야. 내 아내
는 지상에 내려온 천사 그 자체니까. 이런 일을 알게 해서
는 안 되지. 그래, 떨어져 있는 것도 딱 오늘까지야. 오늘
밤 일만 끝나면 아내의 치맛자락을 붙들고 천국까지 따라
갈 거야.”

훌륭한 미래 계획을 세우는 것만으로도 굿맨 브라운은
자신의 눈앞에 닥친 악한 여정이 정당화되는 것처럼 느껴
졌다.

He had taken a dreary road, darkened by all the gloomiest trees of the forest, which barely stood aside to let the narrow path creep through, and closed immediately behind. It was all as lonely as could be; and there is this peculiarity in such a solitude, that the traveller knows not who may be concealed by the innumerable trunks and the thick boughs overhead; so that, with lonely footsteps, he may yet be passing through an unseen multitude.

"There may be a devilish Indian behind every tree," said Goodman Brown to himself; and he glanced fearfully behind him, as he added, "What if the devil himself should be at my very elbow!"

His head being turned back, he passed a crook of the road, and looking forward again, beheld the figure of a man, in grave and decent attire, seated at the foot of an old tree. He arose, at Goodman Brown's approach, and walked onward, side by side

그는 새카만 어둠의 길로 들어섰다. 가장 짙은 어둠을 자랑하는 나무들이 만든, 어두운 숲속에서도 가장 새카만 그림자가 뒤덮인 길이었다. 빽빽한 나무 사이를 헤치며 찾은 길은 지나가기 무섭게 다시 수풀에 뒤덮였다. 끔찍한 외로움이 찾아들고 확신할 수 없는 어떤 불쾌함이 뒤따르는, 바로 그런 길이었다. 이곳을 처음 찾은 여행자는 알 수 없다. 수많은 나무 뒤에, 혹은 두툼한 가지 위에, 무엇이 숨어 있는지. 그리하여 보이지 않는 무수한 군중 사이를 홀로 지나고 있는 듯한 불안감에 사로잡히게 되는 것이다.

"나무 뒤에 사악한 원주민이 숨어있을 것 같잖아. 아니면 진짜 악마가 나타나는 거 아니야? 바로 내 뒤에 숨어 있으면 어쩌지?!"

굿맨 브라운은 혼잣말하며 주변을 살폈다. 솟구치는 불안감에 몇 번이나 고개를 휙 돌려 뒤를 살폈고, 언덕을 지날 땐 아예 뒤를 주시하며 걸었다. 고개를 넘어 다시 앞쪽으로 시선을 돌리자, 갑자기 무언가가 눈앞에 나타났다. 근엄한 신사답게 차려입은 그 형상은 오래된 나무의

with him.

"You are late, Goodman Brown," said he. "The clock of the Old South was striking, as I came through Boston; and that is full fifteen minutes agone."

"Faith kept me back awhile," replied the young man, with a tremor in his voice, caused by the sudden appearance of his companion, though not wholly unexpected.

그루터기에 앉아 있다가 굿맨 브라운을 발견하고는 자리에서 일어나 다가왔다.

"늦었잖아, 굿맨 브라운. 내가 보스턴을 지날 때 올드 사우스 교회에서 자정을 알리는 종을 쳐댔다고. 무려 십오 분 전에 말이야."

"신념한테 붙잡혀서 어쩔 수 없었어."

젊은 남자의 목소리가 잘게 떨렸다. 자신 앞에 나타난 이를 예상은 하고 있었지만 갑작스러운 등장에 적잖이 놀랐기 때문이었다.

제 2 장

흔한 착시 효과이었으리라

Must have been an ocular deception

It was now deep dusk in the forest, and deepest in that part of it where these two were journeying. As nearly as could be discerned, the second traveller was about fifty years old, apparently in the same rank of life as Goodman Brown, and bearing a considerable resemblance to him, though perhaps more in expression than features. Still, they might have been taken for father and son.

And yet, though the elder person was as simply clad as the younger, and as simple in manner too, he

숲은 어슴푸레한 황혼의 색으로 물들어 있었다. 두 남자가 걷는 곳은 특히나 더 어두웠는데, 그래서인지 나이 든 남자의 생김새가 선명하게 드러나지 않았다. 오십 대 정도의 나이에 사회적으로나 경제적으로 굿맨 브라운과 비슷한 수준인 것처럼 보였고, 남자에게서 풍기는 분위기가 굿맨 브라운과 닮아 있었다. 외모가 닮은 것은 전혀 아니었지만, 언뜻 보면 아버지와 아들처럼 느껴질 정도였다.

남자는 굿맨 브라운과 비슷한 종류의 옷을 차려입고 흡사하게 행동했다. 하지만 남자의 주변에는 설명하기 어려운 특정한 공기가 흘러서 어떤 분위기에라도 쉽게 녹

had an indescribable air of one who knew the world, and would not have felt abashed at the governor's dinner-table, or in King William's court, were it possible that his affairs should call him thither.

But the only thing about him, that could be fixed upon as remarkable, was his staff, which bore the likeness of a great black snake, so curiously wrought, that it might almost be seen to twist and wriggle itself like a living serpent. This, of course, must have been an ocular deception, assisted by the uncertain light.

"Come, Goodman Brown!" cried his fellow-traveller, "this is a dull pace for the beginning of a journey. Take my staff, if you are so soon weary."

"Friend," said the other, exchanging his slow pace for a full stop, "having kept covenant by meeting thee here, it is my purpose now to return whence I came. I have scruples, touching the matter thou wot'st of."

아들 것 같았다. 마치 당장 주지사와의 만찬에 초대되거나 윌리엄 왕의 정원에 방문한다고 하더라도 전혀 어색하지 않을 것 같은 느낌이었다.

그런 그에게도 유난히 눈에 띄는 것이 하나 있었는데, 바로 손에 쥐고 있는 지팡이였다. 거대한 검은 뱀과 같은 모습을 한 그 지팡이는 마치 살아서 꿈틀거리며 몸을 비비 꼬는 것처럼 보였다. 물론 그렇게 보인 것은, 어두운 숲 속에서 일어나는 흔한 착시효과 때문이리라.

"서두르자고, 굿맨 브라운. 이제 겨우 출발했을 뿐인데 너무 느린 거 아니야? 자, 여기. 정 힘들면 내 지팡이를 사용하라고."

나이 든 남자의 말에 굿맨 브라운은 느리게 움직이던 발걸음을 딱 멈추고는 표정을 굳히며 단호한 목소리로 응수했다.

"이봐. 우리의 약속은 딱 여기까지였어. 이곳에 와서 당신을 만났으니, 나는 약속을 지킨 거야! 볼일이 끝났으니 집으로 돌아가겠어! 당신의 헛소리는 들어줄 생각만으로도 끔찍해."

"Sayest thou so?" replied he of the serpent, smiling apart. "Let us walk on, nevertheless, reasoning as we go, and if I convince thee not, thou shalt turn back. We are but a little way in the forest, yet."

"Too far, too far!" exclaimed the goodman, unconsciously resuming his walk. "My father never went into the woods on such an errand, nor his father before him. We have been a race of honest men and good Christians, since the days of the martyrs. And shall I be the first of the name of Brown, that ever took this path and kept--"

"Such company, thou wouldst say," observed the elder person, interrupting his pause. "Well said, Goodman Brown! I have been as well acquainted with your family as with ever a one among the Puritans; and that's no trifle to say. I helped your grandfather, the constable, when he lashed the

"그렇게 생각하고 있었던 거야? 오케이. 일단은 계속 걸으며 천천히 이야기를 나누어 보자고. 만일 내가 납득되지 않는 말을 한다면 언제든 돌아가도 좋아. 우린 이제 겨우 숲의 초입에 들어섰을 뿐이니까. 어때?"

"이미 충분해! 너무 깊이 왔다고!"

굿맨이 소리쳤다. 하지만 그는 자신도 모르게 더 깊은 숲속으로 걸어 들어가고 있었다.

"우리 아버지라면 절대 여기에 오지 않으셨을 거야. 아버지의 아버지도 마찬가지야! 순교자들의 시대부터 우리 집안사람들은 선하고 순결한 기독교인들이었어. 브라운 가의 족보에 이름을 올린 사람 중에서 이 길을 걸어본 사람은 내가 유일할걸? 그런데 심지어 함께하는 이가...."

"나라서 끔찍하다는 거야? 하지만 굿맨 브라운. 나는 신의 사람들과 긴밀하게 지내왔어. 브라운가의 사람들과도 마찬가지고. 내 말을 믿지 못하는군? 자네의 조부는 순경이었지. 세일럼 거리 한복판에서 퀘이커 교도 여성을 채찍질할 때 내가 크게 도와주었다고. 자네의 부친도 마찬가지야. 필립 왕의 전쟁 때, 원주민 마을을 태워버리겠

Quaker woman so smartly through the streets of Salem. And it was I that brought your father a pitch-pine knot, kindled at my own hearth, to set fire to an Indian village, in King Philip's War. They were my good friends, both; and many a pleasant walk have we had along this path, and returned merrily after midnight. I would fain be friends with you, for their sake."

"If it be as thou sayest," replied Goodman Brown, "I marvel they never spoke of these matters. Or, verily, I marvel not, seeing that the least rumor of the sort would have driven them from New England. We are a people of prayer, and good works to boot, and abide no such wickedness."

"Wickedness or not," said the traveller with the twisted staff, "I have a very general acquaintance here in New England. The deacons of many a church have drunk the communion wine with me;

다고 해서 내가 친히 솔방울에 불을 붙여 주었지. 그래, 둘 다 나의 아주 절친한 친구들이었어. 이 길에도 그들과 함께한 추억이 가득해. 물론, 그들도 나와 함께하는 시간을 매우 즐거워했고 말이야. 자정이 지나고 나면, 아주 콧노래까지 부르며 집으로 돌아가곤 했다니까? 내가 자네의 친구를 자청하며 찾아온 것은, 그들과의 추억 덕분이기도 해. 그들을 봐서 말이야."

"당신의 말이 사실이라면, 당신에 관하여 한 번도 언급하지 않으신 이유가 뭐겠어? 아니지. 만일 그게 사실이라면 우리 집안은 벌써 이 뉴잉글랜드 지역에서 쫓겨났을걸? 그런 종류의 소문이라도 돌았다면 말이야. 우리는 매일 기도하는 선한 사람들이야. 대대로 그래왔고. 당신이 말하는 그런 사악한 사람들이 아니란 말이야!"

"사악하다라…… 사악을 어떻게 정의하지?"

비틀린 지팡이를 든 남자가 말했다.

"나와 함께 성찬의 와인을 마시고 취했던 교회의 장로가 여럿이야. 나를 의장의 자리에 앉히고 싶어 하는 마을의 행정관도 여럿이고. 대법원과 주 의회의 절대다수도

the selectmen, of diverse towns, make me their chairman; and a majority of the Great and General Court are firm supporters of my interest. The governor and I, too--but these are state-secrets."

"Can this be so!" cried Goodman Brown, with a stare of amazement at his undisturbed companion. "Howbeit, I have nothing to do with the governor and council; they have their own ways, and are no rule for a simple husbandman like me. But, were I to go on with thee, how should I meet the eye of that good old man, our minister, at Salem village? Oh, his voice would make me tremble, both Sabbath-day and lecture-day!"

Thus far, the elder traveller had listened with due gravity, but now burst into a fit of irrepressible mirth, shaking himself so violently that his snake-like staff actually seemed to wriggle in sympathy.

"Ha! ha! ha!" shouted he, again and again; then

나를 완강히 지지하지. 또 주지사도 나를 열렬히… 아, 이건 국가 기밀이었던가?"

"거짓말!"

굿맨 브라운이 울부짖었다.

"아무튼, 나는 그 사람들과 아무 상관이 없어. 주지사나 의원들이 어떻게 살아가든 내 알 바가 아니야. 나는 그냥 평범한 농사꾼일 뿐이니까. 하지만 내가 이 이상으로 당신을 따라간다면 무슨 낯으로 마을로 돌아가겠어? 우리 목사님처럼 선하게 일생을 보낸 사람들과 어떻게 눈을 마주칠 수 있겠어? 아마 안식일이나 교육의 날 그들의 목소리만 들어도 양심의 가책을 느끼고 온몸이 벌벌 떨릴 거야."

그때까지만 해도 나이 든 남자는 꽤나 진지하게 경청하고 있었다. 하지만 도저히 더는 참을 수 없다는 듯 박장대소를 터트렸다. 어찌나 난폭하게 몸을 흔들며 웃는지 지팡이까지 몸을 꿀렁이며 동조하는 것 같았다.

"하, 하하, 하하하!"

나이 든 남자는 몇 번이나 크게 소리쳐 웃은 뒤에야

composing himself, "Well, go on, Goodman Brown, go on; but, pr'y thee, don't kill me with laughing!"

"Well, then, to end the matter at once," said Goodman Brown, considerably nettled, "there is my wife, Faith. It would break her dear little heart; and I'd rather break my own!"

"Nay, if that be the case," answered the other, "e'en go thy ways, Goodman Brown. I would not, for twenty old women like the one hobbling before us, that Faith should come to any harm."

As he spoke, he pointed his staff at a female figure on the path, in whom Goodman Brown recognized a very pious and exemplary dame, who had taught him his catechism in youth, and was still his moral and spiritual adviser, jointly with the minister and Deacon Gookin.

"A marvel, truly, that Goody Cloyse should be so far in the wilderness, at night-fall!" said he. "But,

간신히 평정심을 되찾았다.

"계속해봐, 굿맨 브라운. 아니 근데, 나를 웃겨 죽게 만들 작정이야?"

"그러면! 결론부터 말할게. 내가 사랑하는 아내의 이름은 신념이야. 오늘 일을 신념이 알게 되면 크게 상심할 거야. 아내의 가슴에 대못을 박느니 차라리 내가 죽어버리는 게 나아!"

"오케이. 그렇다면 자네는 자네의 길을 가도록 해, 굿맨 브라운. 내가 자네의 신념 만큼은 꼭 지켜주겠다고 약속하지. 저 앞에 가는 나이 든 여인이 보이나? 저런 여인 스무 명이 달려 있다고 해도 말이야."

남자는 지팡이를 쥔 손을 뻗어 앞서 걸어가는 여인의 형상을 가리켰다. 굿맨 브라운도 익히 알고 있는 사람이었다. 어린 시절 교리문답을 가르쳐준 아주 신실하고 모범적인 교회의 권사로, 굿맨 브라운이 목사나 구킨 장로와 함께 교회의 영적 지도자로 여기고 있던 사람이었다.

"이런, 구디 클로이스 권사님이잖아? 한밤중에 이 버려진 숲속 깊은 곳까지 무슨 일이시지? 이봐. 괜찮다면 나

with your leave, friend, I shall take a cut through the woods, until we have left this Christian woman behind. Being a stranger to you, she might ask whom I was consorting with, and whither I was going."

"Be it so," said his fellow-traveller. "Betake you to the woods, and let me keep the path."

Accordingly, the young man turned aside, but took care to watch his companion, who advanced softly along the road, until he had come within a staff's length of the old dame.

She, meanwhile, was making the best of her way, with singular speed for so aged a woman, and mumbling some indistinct words, a prayer, doubtless, as she went.

는 저 기독교인 여인을 피해 이 나무숲을 가로질러서 가는 게 좋겠어. 지금 마주치면 곤란할 것 같거든. 권사님은 당신을 모르니까, 분명 이것저것 물어보실 거야. 당신과 무슨 관계인지, 어디로 향하고 있는지, 뭐 그런 설명하기 어려운 것들 말이야."

"그래, 그럼 자네는 숲길로 가. 나는 이 길로 쭉 걸어갈 테니 말이야."

굿맨 브라운은 숲길로 빠졌지만, 길을 따라 앞으로 걸어가는 나이 든 남자에게서 시선을 떼지 않았다. 남자는 손을 뻗으면 지팡이가 닿을 정도로 나이 든 권사에게 가까워졌다.

한편, 권사는 나이답지 않은 빠른 속도로 걸어가며 알아들을 수 없는 단어를 중얼거렸는데 뭐라고 하는지 명확하게 알 수는 없었지만 어떤 기도문인 것은 분명하게 들렸다.

제 3 장

교리문답

Catechism

The traveller put forth his staff, and touched her withered neck with what seemed the serpent's tail.

"The devil!" screamed the pious old lady.

"Then Goody Cloyse knows her old friend?" observed the traveller, confronting her, and leaning on his writhing stick.

"Ah, forsooth, and is it your worship, indeed?" cried the good dame. "Yea, truly is it, and in the very image of my old gossip, Goodman Brown, the grandfather of the silly fellow that now is. But-

남자가 팔을 뻗으니 쥐고 있던 지팡이가 권사의 메마른 목에 닿았다. 마치 뱀의 꼬리가 목에 내려앉은 것처럼 보이기도 했다.

　독실한 권사가 소리쳤다.

　"악마이시여!"

　"나의 오랜 친구, 구디 클로이스가 나를 알아보는군."

　남자는 몸을 비틀어대는 지팡이에 몸을 기대고 교회의 선한 권사를 바라보았다.

　"진정 당신이군요! 나의 주인이시여. 저의 오랜 친구와 닮은 모습으로 나타나셨군요. 그 멍청한 굿맨 브라운 녀

-would your worship believe it?--my broomstick hath strangely disappeared, stolen, as I suspect, by that unhanged witch, Goody Cory, and that, too, when I was all anointed with the juice of smallage and cinque-foil and wolf's-bane--"

"Mingled with fine wheat and the fat of a new-born babe," said the shape of old Goodman Brown.

"Ah, your worship knows the recipe", cried the old lady, cackling aloud. "So, as I was saying, being all ready for the meeting, and no horse to ride on, I made up my mind to foot it; for they tell me, there is a nice young man to be taken into communion to-night. But now your good worship will lend me your arm, and we shall be there in a twinkling."

"That can hardly be," answered her friend. "I may not spare you my arm, Goody Cloyse, but here is my staff, if you will."

So saying, he threw it down at her feet, where,

석의 조부이기도 하죠. 아, 주인이시여. 당신께서 제게 주신 빗자루가 사라지고 말았습니다. 목을 매달아야 마땅한 마녀 구디 코리를 기억하고 계시는지요? 믿어주실지 모르겠습니다만, 그 마녀가 훔쳐 간 것이 분명합니다. 당시에 제가 얼굴에 무얼 바르고 있었냐면 말이죠. 야생의 셀러리와 좀양지꽃 그리고 노란 바곳 꽃에--"

"고운 밀가루와 갓 태어난 아이의 지방을 고루 섞어서 바르고 있었겠지."

늙은 굿맨 브라운의 모습을 한 남자가 말했다.

"아, 역시 우리의 주인이십니다. 그 배합을 이미 알고 계시는군요. 그래서 제가 어디까지 했지요? 아무튼, 모임에 갈 채비를 마쳤는데 타고 갈 말이 없어진 겁니다. 그러니 제 발로 걸어올 수밖에요. 사람들이 말하길 오늘 밤 멋진 젊은이 한 명이 모임에 합류할 거라고 하던데 놓칠 수가 있겠습니까? 아, 주인께서 함께해 주신다면 눈 깜짝할 사이에 그곳에 도착할 수 있을 텐데요."

"그건 좀 힘들겠지만...... 나의 구디 클로이스가 바란다면 이 지팡이 정도는 빌려줄 수 있지."

perhaps, it assumed life, being one of the rods which its owner had formerly lent to Egyptian Magi. Of this fact, however, Goodman Brown could not take cognizance. He had cast up his eyes in astonishment, and looking down again, beheld neither Goody Cloyse nor the serpentine staff, but his fellow traveller alone, who waited for him as calmly as if nothing had happened.

"That old woman taught me my catechism!" said the young man; and there was a world of meaning in this simple comment.

They continued to walk onward, while the elder traveller exhorted his companion to make good speed and persevere in the path, discoursing so aptly, that his arguments seemed rather to spring up in the bosom of his auditor, than to be suggested by himself.

As they went, he plucked a branch of maple, to

말이 끝나자마자 지팡이는 권사의 발치에 던져졌고, 살아있는 뱀이 되어 꿈틀꿈틀 움직였다. 아주 오래전 모세와 대적했던 이집트 주술사의 것과 똑같은 지팡이 같았다. 하지만 굿맨 브라운은 무언가에 놀라 하늘을 응시하고 있었기 때문에 그 모습을 알아채지 못했다. 그가 다시 시선을 내렸을 땐 구디 클로이스도 뱀 지팡이도 사라진 뒤였고, 나이 든 남자만이 아무 일도 없었다는 듯이 홀로 서서 깊은 암흑과 같은 눈빛으로 그를 바라보고 있었다.

"저분에게 교회의 교리문답을 배웠는데!"

굿맨 브라운의 짧은 탄식 속에는 수많은 감정이 뒤섞여 있었다.

둘은 계속해서 앞으로 나아갔다. 나이 든 남자는 젊은 남자를 다독거리며 쉬지 않고 빠른 걸음으로 걷도록 종용했다. 남자의 말재주가 얼마나 대단하던지 거의 모든 대화에서 젊은 남자를 설득하여 자신이 바라는 결론에 이르게 만들었지만 젊은 남자는 스스로 그 결론에 이르렀다고 믿게 되었다.

길을 걷던 중 나이 든 남자는 새로운 지팡이를 만들기

serve for a walking-stick, and began to strip it of the twigs and little boughs, which were wet with evening dew. The moment his fingers touched them, they became strangely withered and dried up, as with a week's sunshine.

Thus the pair proceeded, at a good free pace, until suddenly, in a gloomy hollow of the road, Goodman Brown sat himself down on the stump of a tree, and refused to go any farther.

"Friend," said he, stubbornly, "my mind is made up. Not another step will I budge on this errand. What if a wretched old woman do choose to go to the devil, when I thought she was going to Heaven! Is that any reason why I should quit my dear Faith, and go after her?"

"You will think better of this by-and-by," said his acquaintance, composedly. "Sit here and rest yourself awhile; and when you feel like moving

위해 커다란 단풍나무 가지를 하나 꺾었다. 새벽이슬을 잔뜩 머금은 가지였는데도 불구하고 남자의 손이 닿은 가지마다 마치 뜨거운 햇살에 타버린 것처럼 떨어져 매끈하게 되었다.

둘은 상당히 빠른 걸음으로 계속 나아갔다. 하지만 어느 어두컴컴한 공터에서 굿맨 브라운은 나무 그루터기에 주저앉아 버렸고, 더는 전진할 수 없다고 선언하고 말았다.

단호한 목소리로 굿맨 브라운이 말했다.

"이봐, 드디어 결심했어! 여기서부터는 한 걸음도 더 가지 않겠어. 그래, 천국에 갈 줄로만 생각했던 저 불쌍한 노인이 악마를 추종하기로 했나 본데, 그게 나와 무슨 상관이 있지? 사랑하는 신념이 있는데 내가 저 노인을 따라갈 이유가 없잖아?"

나이 든 남자는 태연하게 답했다.

"그건 조금 더 걷다 보면 차근차근 알게 되겠지. 일단 여기 앉아서 조금 휴식하는 게 어때? 내 지팡이를 줄게. 다시 출발하고 싶은 마음이 들면 이 지팡이가 분명 자네에

again, there is my staff to help you along."

Without more words, he threw his companion the maple stick, and was as speedily out of sight, as if he had vanished into the deepening gloom.

The young man sat a few moments by the roadside, applauding himself greatly, and thinking with how clear a conscience he should meet the minister, in his morning-walk, nor shrink from the eye of good old Deacon Gookin. And what calm sleep would be his, that very night, which was to have been spent so wickedly, but purely and sweetly now, in the arms of Faith!

Amidst these pleasant and praiseworthy meditations, Goodman Brown heard the tramp of horses along the road, and deemed it advisable to conceal himself within the verge of the forest, conscious of the guilty purpose that had brought him thither, though now so happily turned from it.

게 큰 도움이 될 거야."

딱 거기까지 말을 마친 남자는 단풍나무로 만든 지팡이를 던진 뒤, 마치 깊은 어둠 속으로 빨려 들어간 것처럼 시야에서 사라졌다.

젊은 남자는 잠시 길가에 앉아 평안히 휴식했다. 자신을 대견히 여기며 박수를 아끼지 않았다. 이제 아침 산책길에서 교회의 목사를 만나도 떳떳하게 눈을 마주칠 수 있을 것이고, 구킨 장로의 선한 눈빛에도 움츠러들지 않을 것이다. 사망의 길을 지나 악의 구렁텅이로 빨려 들어갈 수도 있었던 밤이었지만 그 밤을 이겨내고 이제는 신념의 품으로 돌아가 편안하고 안락하게 잠들 수 있을 것 같았다.

즐거운 상념을 깨트린 것은 저 멀리서 다가오는 말발굽 소리였다. 굿맨 브라운은 본능적으로 자신의 몸을 숨겼다. 비록 지금은 그 모든 유혹을 뿌리치고 집으로 돌아가기로 마음을 먹은 참이긴 했지만, 유혹에 이끌려 이 깊은 밤중에 새카만 숲속까지 들어왔다는 것에는 죄책감을 느꼈기 때문이었다.

On came the hoof-tramps and the voices of the riders, two grave old voices, conversing soberly as they drew near. These mingled sounds appeared to pass along the road, within a few yards of the young man's hiding-place; but owing, doubtless, to the depth of the gloom, at that particular spot, neither the travellers nor their steeds were visible.

Though their figures brushed the small boughs by the way-side, it could not be seen that they intercepted, even for a moment, the faint gleam from the strip of bright sky, athwart which they must have passed.

Goodman Brown alternately crouched and stood on tip-toe, pulling aside the branches, and thrusting forth his head as far as he durst, without discerning so much as a shadow. It vexed him the more, because he could have sworn, were such a thing possible, that he recognized the voices of the

말발굽 소리가 커지면서 나이가 지긋한 두 남자의 엄숙하고 진지한 대화 소리가 들려왔다. 말소리는 굿맨 브라운이 숨어있는 수풀에서 단 몇 미터 떨어져 있는 도로 위에서 들려오는 것 같았다. 소리는 점점 가까워졌지만, 대화를 나누는 사람들도 그들이 타고 있는 말도 보이지 않았다. 물론, 그들이 보이지 않은 것은 숲을 뒤덮은 어둠이 워낙 짙기 때문이었으리라.

그들의 형상이 길가의 나뭇가지를 스친 것 같았지만, 그들의 모습은 시야에 들어오지 않았다. 하늘에서 희미한 빛줄기가 내려와 그들이 지나가고 있을 장소를 밝게 비추었지만, 그 순간에 조차 아무것도 보이지 않았다.

굿맨 브라운은 발끝으로 서서 나뭇가지 사이로 고개를 쭉 내밀었다. 멀어지는 그들의 뒷모습을 살피기 위함이었지만 숲속의 어둠에서 그들의 그림자를 분별해내는 것조차 힘들었다. 아주 혼란스러웠다. 왜냐하면, 정말로 맹세하건대, 그는 그 목소리의 정체를 정확히 알고 있었기 때문이다. 도무지 믿을 수 없었지만, 나지막이 속닥거리던 목소리의 주인공은 교회의 목사와 구킨 장로가 분명했다.

minister and Deacon Gookin, jogging along quietly, as they were wont to do, when bound to some ordination or ecclesiastical council.

While yet within hearing, one of the riders stopped to pluck a switch.

"Of the two, reverend Sir," said the voice like the deacon's, I had rather miss an ordination-dinner than tonight's meeting. They tell me that some of our community are to be here from Falmouth and beyond, and others from Connecticut and Rhode-Island; besides several of the Indian powows, who, after their fashion, know almost as much deviltry as the best of us. Moreover, there is a goodly young woman to be taken into communion."

"Mighty well, Deacon Gookin!" replied the solemn old tones of the minister. "Spur up, or we shall be late. Nothing can be done, you know, until I get on the ground."

교회의 안수식이나 인도자 회의에서 딱 그런 목소리로 이야기를 나누던 것이 생생했다.

아직 목소리가 들릴만한 거리에서 두 남자는 채찍으로 쓸 만한 나뭇가지를 꺾기 위해 말을 세웠다. 장로의 것과 꼭 닮은 목소리가 말을 시작했다.

"아니, 둘 중 하나를 골라야만 한다며요, 목사님. 오늘 모임을 빠지느니 교회의 안수 만찬을 빠지는 것이 낫겠습니다. 사람들이 말하기를 오늘 밤 우리의 형제자매들이 팰머스를 너머 코네티컷이나 로드아일랜드에서까지 온다면서요. 또 원주민 주술사들도 오는데, 그들의 악마술은 우리가 가진 가장 사악한 것들만큼이나 악독하다지요. 게다가 선한 젊은 여인 한 명이 모임에 합류할 거라고 하던데, 들으셨습니까."

장로로 추정되는 목소리가 이야기하자, 목사의 것과 똑같은 목소리가 답했다.

"맞습니다. 구킨 장로님, 우리도 서두릅시다. 그런 모임에 늦을 수는 없지요. 아시겠지만 제가 도착하기 전에는 아무것도 시작할 수 없지 않겠습니까."

The hoofs clattered again, and the voices, talking so strangely in the empty air, passed on through the forest, where no church had ever been gathered, nor solitary Christian prayed. Whither, then, could these holy men be journeying, so deep into the heathen wilderness? Young Goodman Brown caught hold of a tree, for support, being ready to sink down on the ground, faint and overburthened with the heavy sickness of his heart. He looked up to the sky, doubting whether there really was a Heaven above him. Yet, there was the blue arch, and the stars brightening in it.

"With Heaven above, and Faith below, I will yet stand firm against the devil!" cried Goodman Brown.

말발굽 소리가 다시 이어지며 그들의 말소리는 숲속을 향해 나아갔다. 저 어둠 속에는 교회도 없고 기도하는 기독교인도 없었기 때문에 정말 이상한 일이었다. 신실한 하나님의 사람 두 명이 저 어둠의 황무지로 향하는 이유가 도대체 뭐란 말인가. 젊은 굿맨 브라운은 정신이 혼미해졌고 심장이 내려앉았다. 금방이라도 쓰러질 것 같았다. 몸을 간신히 나무에 기대고 고개를 들어 하늘을 보며, 정말로 저 너머에 천국이라는 것이 존재하기는 할까 생각했다. 다시 올려다본 하늘은 여전히 청명했고 별들이 반짝이고 있었다.

굿맨 브라운은 하늘을 향해 외쳤다.

"하늘 위에는 천국이 있고, 아래에는 나의 신념이 있다! 그래! 나는 단단하게 우뚝 서서 악마에 맞서겠다!"

제 4 장

신념이 사라졌어

My faith is gone

While he still gazed upward, into the deep arch of the firmament, and had lifted his hands to pray, a cloud, though no wind was stirring, hurried across the zenith, and hid the brightening stars. The blue sky was still visible, except directly overhead, where this black mass of cloud was sweeping swiftly northward. Aloft in the air, as if from the depths of the cloud, came a confused and doubtful sound of voices.

Once, the listener fancied that he could distinguish

굿맨 브라운은 다시 기도하기 위해 희망차게 손을 뻗으며 반짝이는 눈으로 하늘의 별을 올려보았다. 하늘은 바람 한 점 없이 고요했다. 그때, 불길한 먹구름 하나가 홀연히 나타나 반짝이던 별들을 모두 가려버렸다. 하늘은 여전히 청명했다. 다만 진회색의 먹구름이 그의 머리 바로 위에서 빠르게 북상했을 뿐. 혼란과 의심으로 점철된 여러 목소리가 허공을 부유했다. 아마도 구름 위에서부터 들려오는 것 같았다.

소리에 집중하니 뒤섞인 목소리 하나하나의 정체를 어렵지 않게 구별해낼 수 있었다. 말도 안 되는 일이지만, 그

the accent of town's-people of his own, men and women, both pious and ungodly, many of whom he had met at the communion-table, and had seen others rioting at the tavern.

The next moment, so indistinct were the sounds, he doubted whether he had heard aught but the murmur of the old forest, whispering without a wind. Then came a stronger swell of those familiar tones, heard daily in the sunshine, at Salem village, but never, until now, from a cloud of night.

There was one voice, of a young woman, uttering lamentations, yet with an uncertain sorrow, and entreating for some favor, which, perhaps, it would grieve her to obtain. And all the unseen multitude, both saints and sinners, seemed to encourage her onward.

"Faith!" shouted Goodman Brown, in a voice of agony and desperation; and the echoes of the

건 마을 사람들의 말소리처럼 느껴졌다. 실신한 사람, 신실하지 않은 사람. 성찬식에서 만난 사람, 술집에서 만난 사람. 모두의 목소리가 뒤섞여 있었다.

잠시 후, 소리가 흐려지면서 멀어지더니 소리가 들렸던 적이 있었나 싶을 정도로 주변이 고요해졌다. 오래된 숲이 만들어낸 소음이었을지도 모른다고 생각하게 되었을 즈음, 웅성대는 소리가 거대한 파도처럼 밀어닥치며 분명해졌다. 깊은 밤 구름 아래에서 들을 만한 소리가 아니었다. 그 소리는 마치, 햇볕이 내리쬐는 세일럼 마을에서나 들릴 법한 소리였다.

그중 한목소리가 귀에 박혔다. 젊은 여자의 목소리였다. 확실하지 않은 무언가 때문에 슬퍼하며 도움을 간절히 바라고 있었는데, 그 도움을 받는 순간 더 깊은 절망에 빠지게 될 것이었다. 하지만 선과 악이 하나로 뭉쳐진 그 보이지 않는 군중은 여자가 도움을 받고 앞으로 나아가기를 종용하고 있었다.

"신념!"

고통을 머금은 굿맨 브라운이 필사적으로 외쳤다.

forest mocked him, crying -- "Faith! Faith!" as if bewildered wretches were seeking her, all through the wilderness.

The cry of grief, rage, and terror, was yet piercing the night, when the unhappy husband held his breath for a response. There was a scream, drowned immediately in a louder murmur of voices, fading into far-off laughter, as the dark cloud swept away, leaving the clear and silent sky above Goodman Brown. But something fluttered lightly down through the air, and caught on the branch of a tree. The young man seized it, and beheld a pink ribbon.

"My Faith is gone!" cried he, after one stupefied moment. "There is no good on earth; and sin is but a name. Come, devil! for to thee is this world given."

And maddened with despair, so that he laughed loud and long, did Goodman Brown grasp his staff

"신념- 신념-"

숲은 그의 애달픈 부름을 되돌려주며 조롱했다. 메아리는 마치 혼란에 빠진 하나의 무리처럼 수풀을 헤치며 널리 퍼져나갔다.

불안하고 초조하게 응답을 기다리던 때, 새카만 밤을 관통하는 비명이 들려왔다. 슬픔과 분노와 공포로 가득한 외침이었다. 그 외침은 군중의 웅성거림에 짓눌렸고 이후 멀리서 다가오던 웃음소리에 집어 삼켜졌다. 곧이어 구름이 사라졌다. 하늘은 여전히 청명하고 고요했다. 그때, 무언가가 하늘에서 살랑살랑 내려와 나뭇가지에 앉는 것을 굿맨 브라운이 집어 들었다. 분홍색 리본이었다. 그는 허망하게 읊조렸다.

"신념이 사라졌어."

그리고 비통하게 소리쳤다.

"이제 이 땅에 남은 선은 없어. 모두 다 사라지고 말았어! 악마야! 와라!! 세상이 다 네 것이 되었구나!!"

절망으로 미쳐버린 굿맨 브라운은 아주 오랫동안 큰 소리로 박장대소했다. 그리고 마침내 바닥에 떨어진 지팡이

and set forth again, at such a rate, that he seemed to fly along the forestpath, rather than to walk or run.

The road grew wilder and drearier, and more faintly traced, and vanished at length, leaving him in the heart of the dark wilderness, still rushing onward, with the instinct that guides mortal man to evil.

The whole forest was peopled with frightful sounds; the creaking of the trees, the howling of wild beasts, and the yell of Indians; while, sometimes the wind tolled like a distant church-bell, and sometimes gave a broad roar around the traveller, as if all Nature were laughing him to scorn. But he was himself the chief horror of the scene, and shrank not from its other horrors.

를 움켜잡고 앞으로 나아가기 시작했다. 걷는 것도 뛰는 것도 아닌, 마치 날아가는 것 같은 속도로 빠르게 나아갔다.

길은 더 짙고 거칠어졌다. 빠른 속도에 주변 풍경이 서서히 희미해지더니 결국은 아무것도 보이지 않게 되었다. 어두운 광야의 심장에 홀로 선 것처럼 느껴졌다. 그는 그렇게, 인간을 사악한 죄악의 길로 인도하는 내재된 이끌림을 따라 앞으로 나아갔다.

무시무시한 소리가 숲 전체에 가득 울렸다. 나무가 삐걱대는 소리, 들짐승의 울부짖음, 그리고 원주민의 고함이 메아리쳤다. 매서운 바람 소리에 저 너머 교회의 종소리가 실려 있는 것처럼 느껴지기도 했고, 방황하는 인간을 비웃는 자연의 웃음소리와 큰 호통이 들리는 것 같기도 했다. 하지만 브라운은 이제 그 어떤 것도 두렵지 않았다. 지금 이 숲에서 가장 공포스러운 존재는 바로 자신이라는 생각 때문에.

제 5 장

서로의 선의에 의지했지

Have depended on others' hearts

"Ha! ha! ha!" roared Goodman Brown, when the wind laughed at him. "Let us hear which will laugh loudest! Think not to frighten me with your deviltry! Come witch, come wizard, come Indian powow, come devil himself! and here comes Goodman Brown. You may as well fear him as he fear you!"

In truth, all through the haunted forest, there could be nothing more frightful than the figure of Goodman Brown. On he flew, among the black pines, brandishing his staff with frenzied

"와하하! 제일 큰 소리로 웃는 자가 누구냐!!"

자신을 비웃는 듯한 바람 소리에 굿맨 브라운은 큰 소리로 포효했다.

"내가 너희를 두려워할 것 같으냐, 사악한 것들아! 덤벼라, 마녀야! 덤벼라, 마법사야! 원주민 주술사도 덤비고! 악마 너도 와서 한번 덤벼 보거라! 굿맨 브라운이 나가신다! 지금 여기에 나를 겁주려는 이들이 있느냐! 너희가 나를 두려워해야 할 것이다!"

실제로 그랬다. 저주받은 그 숲속에서 굿맨 브라운의 형상보다 더 끔찍한 것은 없었다. 그는 시커먼 소나무 사

gestures, now giving vent to an inspiration of horrid blasphemy, and now shouting forth such laughter, as set all the echoes of the forest laughing like demons around him.

The fiend in his own shape is less hideous, than when he rages in the breast of man. Thus sped the demoniac on his course, until, quivering among the trees, he saw a red light before him, as when the felled trunks and branches of a clearing have been set on fire, and throw up their lurid blaze against the sky, at the hour of midnight. He paused, in a lull of the tempest that had driven him onward, and heard the swell of what seemed a hymn, rolling solemnly from a distance, with the weight of many voices.

He knew the tune; it was a familiar one in the choir of the village meeting-house. The verse died heavily away, and was lengthened by a chorus, not of human voices, but of all the sounds of the

이를 날아다녔고, 정신 나간 사람처럼 지팡이를 사정없이 흔들었으며, 큰소리로 웃으며 신성을 모독했다. 그가 지나간 모든 자리에 악마의 것을 닮은 웃음소리가 메아리쳤다.

악마의 모습은 인간의 분노를 통해 발현될 때 훨씬 더 끔찍한 법이다. 광인처럼 달려 나가던 그는 나무 사이로 일렁이는 붉은빛을 보고 난 후에야 멈춰 섰다. 광활한 공터를 만들기 위해 깎여나간 나무가 공터의 중앙에서 장작이 되어 커다란 불꽃을 피우고 있었다. 자정이 넘은 시간이었지만 온 세상이 붉은빛으로 밝았다. 그를 여기까지 이끈 그 광기 어린 충동은 이제 잦아든 상태였다. 그때, 저 멀리에서 여러 사람의 목소리가 합해진 장엄한 노랫소리가 희미하게 들려왔다.

그가 잘 알고 있는 멜로디였다. 마을 교회의 성가대가 자주 불러 익숙한 찬송가였으니까. 가사 부분이 끝나고 멜로디가 무겁게 가라앉을 즈음 화음이 이어졌다. 사람의 소리가 조화롭게 이루어진 화음이 아니었다. 광야의 소리가 끔찍하게 섞여들며 크게 울려 퍼지는 소음이었

benighted wilderness, pealing in awful harmony together. Goodman Brown cried out; and his cry was lost to his own ear, by its unison with the cry of the desert.

In the interval of silence, he stole forward, until the light glared full upon his eyes. At one extremity of an open space, hemmed in by the dark wall of the forest, arose a rock, bearing some rude, natural resemblance either to an altar or a pulpit, and surrounded by four blazing pines, their tops aflame, their stems untouched, like candles at an evening meeting.

The mass of foliage, that had overgrown the summit of the rock, was all on fire, blazing high into the night, and fitfully illuminating the whole field. Each pendent twig and leafy festoon was in a blaze. As the red light arose and fell, a numerous congregation alternately shone forth,

다. 굿맨 브라운은 울부짖었다. 하지만 입을 떠난 소리가 굿맨 브라운 자신의 귀에 닿기도 전에, 광야의 포효에 집어 삼켜졌다.

소리가 잠시 멈춘 틈을 타서 그는 살금살금 앞으로 나아갔다. 일렁이는 불길이 점점 가까워져서 그의 두 눈 전체가 마침내 붉은 불꽃으로 가득 물들었다. 공터의 한쪽 끝에는 어둠의 장벽으로 둘러싸인 장소가 있었는데, 그곳에서 커다란 바위 하나가 서서히 자라났다. 바위는 마치 의식에 사용하는 제단처럼 보였는데, 무척이나 이질적으로 느껴지면서도 매우 자연스럽게 보이기도 했다. 사방에는 가지 위쪽에만 불이 붙은 소나무가 마치 저녁 예배를 위해 켜놓은 촛불처럼 서 있었다.

나뭇잎 더미가 활활 타오르면서 바위의 높이보다 훨씬 더 커다란 불꽃을 하늘 위로 뿜어댔다. 활활 타오르는 불길은 공터를 밝게 비췄다. 무성했던 소나무의 잎은 모두 연료가 되었다. 군중들은 일렁이는 불길에 따라 나타났다가 그림자 속으로 사라지기를 반복했다. 마치, 고독한 나무숲이 제 심장을 불끈거리며 어둠으로부터 사

then disappeared in shadow, and again grew, as it were, out of the darkness, peopling the heart of the solitary woods at once.

"A grave and dark-clad company!" quoth Goodman Brown.

In truth, they were such. Among them, quivering to-and-fro, between gloom and splendor, appeared faces that would be seen, next day, at the council-board of the province, and others which, Sabbath after Sabbath, looked devoutly heavenward, and benignantly over the crowded pews, from the holiest pulpits in the land.

Some affirm, that the lady of the governor was there. At least, there were high dames well known to her, and wives of honored husbands, and widows, a great multitude, and ancient maidens, all of excellent repute, and fair young girls, who trembled lest their mothers should espy them.

람들을 불러 모으는 의식을 치르는 것처럼 보였다.

굿맨 브라운이 탄식했다.

"파멸을 옷처럼 두른 어둠의 무리가 여기에 있었구
나!"

굿맨 브라운의 말처럼 그들은 꼭 그렇게 보였다. 불꽃
은 일렁이며 온통 암흑뿐인 세상을 군데군데 비췄고, 그
빛에 사람들의 얼굴이 조금씩 드러났다. 그중에는 지방
의회를 담당하던 사람들도 보였고, 안식일마다 가장 거
룩한 교단에 서는 사람도 있었다. 그들은 모두 신실하고
경건한 표정으로 하늘을 올려다보거나 인자한 표정으로
예배당에 모인 군중을 내려다보던 사람들이었다.

누군가는 주지사의 부인도 함께였다고 이야기했다. 주
지사의 부인이 실제로 그 장소에 있었는지는 모르겠지만
부인과 함께 교류하는 높은 사회적 지위의 여인들도 상
당히 많이 보였다. 남편을 여읜 과부도 있었고 훌륭한 평
판의 노처녀들도 있었으며 엄마에게 들킬까 봐 마음 졸
이는 젊은 처녀들도 있었다.

어둠이 가득한 미지의 숲과 갑작스레 내리친 섬광에

Either the sudden gleams of light, flashing over the obscure field, bedazzled Goodman Brown, or he recognized a score of the church-members of Salem village, famous for their especial sanctity.

Good old Deacon Gookin had arrived, and waited at the skirts of that venerable saint, his reverend pastor. But, irreverently consorting with these grave, reputable, and pious people, these elders of the church, these chaste dames and dewy virgins, there were men of dissolute lives and women of spotted fame, wretches given over to all mean and filthy vice, and suspected even of horrid crimes.

It was strange to see, that the good shrank not from the wicked, nor were the sinners abashed by the saints. Scattered, also, among their palefaced enemies, were the Indian priests, or powows, who had often scared their native forest with more hideous incantations than any known to English

어쩌면 굿맨 브라운은 현혹된 것이었을지도 모른다. 하지만 어쩌면, 신실하기로 소문난 세일럼 마을의 교인들을 사악한 어둠의 숲에서 정말로 마주친 것일 수도 있다.

선한 구킨 장로가 도착하여 존경하는 목사의 발치에 무릎을 꿇고 앉았다. 거룩한 교회의 근엄한 장로들, 신실한 권사들, 독실한 교인들, 그리고 순결한 처녀들도 있었는데, 그들은 자신들과 전혀 반대되는 이들과 함께 협력하고 있었다. 그중에는 방탕한 남자들과 평판이 더러운 여자들이 있었고, 더러운 수단으로 살아가는 비열한 사람들도 있었다. 심지어 끔찍한 범죄를 저지른 사람들도 함께였다.

참으로 기이한 광경이었다. 선한 사람들이 악인을 보고 눈살을 찌푸리며 피하지 않았고, 악한 사람들도 선인을 보고 수치심을 느끼지 않았다. 죽은 자의 얼굴을 한 악인들 사이에는 원주민 주술사도 있었는데, 그들은 자신들의 고향인 이 숲까지도 벌벌 떨게 만들 주술을 알고 있는 사람들이었다. 지금까지 서방에 알려진 마녀의 주술은 그들에게 비할 바가 아니었다.

witchcraft.

"But, where is Faith?" thought Goodman Brown; and, as hope came into his heart, he trembled.

Another verse of the hymn arose, a slow and mournful strain, such as the pious love, but joined to words which expressed all that our nature can conceive of sin, and darkly hinted at far more. Unfathomable to mere mortals is the lore of fiends.

Verse after verse was sung, and still the chorus of the desert swelled between, like the deepest tone of a mighty organ. And, with the final peal of that dreadful anthem, there came a sound, as if the roaring wind, the rushing streams, the howling beasts, and every other voice of the unconverted wilderness, were mingling and according with the voice of guilty man, in homage to the prince of all.

The four blazing pines threw up a loftier flame,

'근데, 신념은 어디 있지?'

신념이 보이지 않자 굿맨 브라운의 가슴에 희망이 차올랐다. 전율이 흘렀다.

느리고 차분한 선율의 찬송가가 다시 시작되었다. 본래 교회에서는 신실한 사랑을 노래하는 성스러운 곡이었지만, 여기서는 인간의 본성이 생각해낼 수 있는 모든 죄악과 그 이상의 사악한 것에 대하여 노래하고 있었다. 보통의 사람은 상상조차도 할 수 없는 가사였다. 하지만 악마 숭배자들에게는 전설처럼 구전되는 이야기이기도 했다.

찬송가는 계속해서 이어졌다. 거대한 오르간의 깊은 선율처럼 황야의 합창이 어우러질 때도 있었다. 지독한 멜로디의 마지막 울림이 흩어질 때 즈음, 어떤 소리가 다시 들려왔다. 죄인의 소리치는 목소리부터 울부짖는 바람의 소리, 세차게 내리치는 물소리, 그리고 짐승의 으르렁 소리까지. 모든 악마들의 왕을 찬양하기 위해서 황야의 온갖 것들이 무질서하게 뒤섞이는 소리였다.

제단 사방의 소나무는 불길을 더욱더 거세게 태우며 검은 연기를 오만하게 하늘로 뿜어 올렸다. 불꽃은 몸집

and obscurely discovered shapes and visages of horror on the smoke-wreaths, above the impious assembly. At the same moment, the fire on the rock shot redly forth, and formed a glowing arch above its base, where now appeared a figure. With reverence be it spoken, the figure bore no slight similitude, both in garb and manner, to some grave divine of the New-England churches.

"Bring forth the converts!" cried a voice, that echoed through the field and rolled into the forest.

At the word, Goodman Brown stepped forth from the shadow of the trees, and approached the congregation, with whom he felt a loathful brotherhood, by the sympathy of all that was wicked in his heart.

He could have well nigh sworn, that the shape of his own dead father beckoned him to advance, looking downward from a smoke-wreath, while

을 더욱 크게 불리며 모임에 참석한 사람들의 공포에 질린 얼굴을 발갛게 비추었다. 그 순간, 바위 제단에서 빨간 불꽃이 덩굴처럼 아치를 그리며 자라났고, 제단 위로 사람의 형상이 나타났다. 그 형상은 뉴잉글랜드 지방의 교회가 섬기는 근엄하고 성스러운 신의 모습과 다를 것 없이 보였다.

"개종자들을 데려오라!"

장엄한 소리가 넓은 공터로 퍼져 숲속 구석구석까지 메아리쳤다.

명령이 떨어지자 굿맨 브라운은 저도 모르게 걷기 시작했다. 그는 숨어있던 나무 그늘에서 나와 사악한 무리를 향해 나아갔다. 마음속에 자리하고 있던 모든 사악한 마음이 일어났기 때문인지, 그 자리에 모인 이들에게 형제애가 느껴졌다. 자기 스스로가 혐오스러워지는 기분이었다.

자욱한 연기 속에서 죽은 아버지를 꼭 닮은 어떤 형상이 자신을 내려다보며 가까이 오라고 손짓했다. 정말로 틀림없이 아버지인 것처럼 보였다. 하지만 동시에, 어떤 여성이 멀어지라며 애타게 손을 휘젓는 모습도 보였다. 그 어렴

a woman, with dim features of despair, threw out her hand to warn him back. Was it his mother?

But he had no power to retreat one step, nor to resist, even in thought, when the minister and good old Deacon Gookin seized his arms, and led him to the blazing rock.

Thither came also the slender form of a veiled female, led between Goody Cloyse, that pious teacher of the catechism, and Martha Carrier, who had received the devil's promise to be queen of hell. A rampant hag was she!

And there stood the proselytes, beneath the canopy of fire.

"Welcome, my children," said the dark figure, "to the communion of your race! Ye have found, thus young, your nature and your destiny. My children, look behind you!"

They turned; and flashing forth, as it were, in a

풋한 절망의 그림자는, 그의 어머니였을까?

그에게는 아무런 힘도 의지도 남아있지 않아서, 뒷걸음질 치거나 멈춰 설 생각조차도 하지 못했다. 그저 자신의 팔을 붙잡고 타오르는 바위 제단으로 향하는 목사와 구킨 장로의 이끌림에 그저 순응할 뿐이었다.

바위 제단 건너편에서는 구디 클로이스 권사가 얼굴을 베일로 가린 가녀린 여성의 팔을 붙잡고 다가오고 있었다. 여성의 반대편 팔에는 지옥의 여왕이라는 명칭을 악마에게 하사받은 마르타 케리어가 그 일을 돕고 있었는데, 명성처럼 그 행동이 아주 난폭하기 짝이 없었다.

개종자들은 불꽃의 그림자 아래에 섰다.

"이곳에 온 것을 환영한다, 나의 아이들아. 드디어 너희에게 꼭 어울리는 성찬식에 왔구나. 아직 젊은 나이에 너희는 본성을 깨닫게 되었다. 운명을 알게 되었다. 뒤돌아보아라, 나의 아이들아."

뒤를 돌자 불꽃 장막 너머로 악마 숭배자들의 얼굴이 보였다. 얼굴마다 환영의 미소가 어두운 빛을 냈다.

검은빛의 형상이 말을 이었다.

sheet of flame, the fiend-worshippers were seen; the smile of welcome gleamed darkly on every visage.

"There," resumed the sable form, "are all whom ye have reverenced from youth. Ye deemed them holier than yourselves, and shrank from your own sin, contrasting it with their lives of righteousness, and prayerful aspirations heavenward. Yet, here are they all, in my worshipping assembly!

This night it shall be granted you to know their secret deeds; how hoary-bearded elders of the church have whispered wanton words to the young maids of their households; how many a woman, eager for widow's weeds, has given her husband a drink at bed-time, and let him sleep his last sleep in her bosom; how beardless youth have made haste to inherit their father's wealth; and how fair damsels-- blush not, sweet ones--have

"너희가 어린 시절부터 존경해왔던 사람들이 모두 여기에 있다. 너희가 선하다 여기는 사람들이 여기 와있다. 너희는 이들이 천국을 향해 기도하는 정의로운 사람들이리라 여겼었다. 이들의 선함을 보고 너희는 자신의 죄악에 수치심을 느꼈다. 하지만 보아라, 나의 아이들아. 너희는 그들과 하나가 되어 이곳에 있다. 너희들 모두 하나 되어 나를 숭배하기 위해 모였다.

오늘 밤, 내가 너희에게 알려주겠다. 저들이 아무도 모르게 저지른 비밀스러운 행위들을 말해주겠다. 점잖게 수염을 기른 저 교회 장로는 제집의 하녀에게 음탕한 말들을 지껄였었다. 수많은 여인이 과부의 상복을 입고자 욕심을 냈고, 잠자리의 남편에게 독약을 마시게 했다. 그리고 그가 마지막 숨을 내쉬도록 제품에 가두고 지켜보았다. 수염도 안 난 어린 것들은 부모의 재산상속을 앞당기기 위해서 수단과 방법을 가리지 않았다. 아름다운 처녀들은 정원에서, 부끄러워하지 말거라 귀여운 아이들아, 작은 구덩이를 파고 갓난아이를 파묻었다. 내가 그 장례식의 유일한 참석자였다.

dug little graves in the garden, and bidden me, the sole guest, to an infant's funeral.

By the sympathy of your human hearts for sin, ye shall scent out all the places--whether in church, bed-chamber, street, field, or forest-- where crime has been committed, and shall exult to behold the whole earth one stain of guilt, one mighty bloodspot. Far more than this! It shall be yours to penetrate, in every bosom, the deep mystery of sin, the fountain of all wicked arts, and which inexhaustibly supplies more evil impulses than human power--than my power at its utmost!- -can make manifest in deeds.

And now, my children, look upon each other."

They did so; and, by the blaze of the hell- kindled torches, the wretched man beheld his Faith, and the wife her husband, trembling before that unhallowed altar.

너희는 죄악을 갈망하는 인간의 본성을 느끼게 되리라. 그리하면 어디에 있든지 그곳에서 일어난 범죄의 냄새를 맡게 되리라. 교회에서도 침실에서도, 길거리나 들판이나 숲속에서도, 그 어디에 있어도 알아보게 되리라. 결국, 죄악이라는 거대한 핏방울이 온 세상에 번져있음을 보게 되리라. 그리고 기뻐하게 되리라. 하지만 거기에 그치지만은 않을지니, 죄악의 깊은 신비가 가슴마다 관통하며, 악행의 샘이 가슴마다 고이리라. 사악한 충동이 끊임없이 솟구칠 것이며, 인간이 낼 수 있는 가장 큰 힘보다도 더 큰 힘이 끓어올라 그 일을 해내고야 말리라.

자, 나의 아이들아. 이제 서로를 보아라."

둘은 서로를 바라보았다. 지옥에서부터 타오르는 듯한 소나무의 불길이 둘의 얼굴을 발갛게 비춰주었다. 참담한 기분으로 남자는 자신의 신념을 바라보았다. 신념 역시 남편을 바라보았다.

"보아라, 나의 아이들아. 너희가 이곳에 섰구나."

검은 형상이 무겁게 말을 이었다. 그의 목소리에는 어떤 깊은 절망과 슬픔이 담겨 있어서, 오래전에 가지고 있었던

"Lo! there ye stand, my children," said the figure, in a deep and solemn tone, almost sad, with its despairing awfulness, as if his once angelic nature could yet mourn for our miserable race.

"Depending upon one another's hearts, ye had still hoped that virtue were not all a dream! Now are ye undeceived! Evil is the nature of mankind. Evil must be your only happiness. Welcome, again, my children, to the communion of your race!"

"Welcome!" repeated the fiend-worshippers, in one cry of despair and triumph.

And there they stood, the only pair, as it seemed, who were yet hesitating on the verge of wickedness, in this dark world. A basin was hollowed, naturally, in the rock. Did it contain water, reddened by the lurid light? or was it blood? or, perchance, a liquid flame?

Herein did the Shape of Evil dip his hand, and

천사의 본성이 인류를 향해 애절하게 소리치고 있는 것처럼 들리기도 했다.

"너희들은 지금까지 서로의 선의에 의지 해왔다. 이 세상의 누군가는 아직 선함을 간직하고 있을 것이라고 무책임하게 희망했다. 그것이 모두 헛된 희망이었음을, 너희는 이제 알게 되었다. 악이야말로 인간의 본성이며 악행이야말로 너희가 느끼는 유일한 기쁨이다. 다시 한번 환영한다, 나의 아이들아. 이게 바로 너희에게 어울리는 성찬식이다."

"환영한다!"

악마의 숭배자들이 절망과 승리에 휩싸인 목소리로 소리쳤다. 새카만 어둠의 사람들 중 오직 한 쌍의 남자와 여자만이 악의 구렁텅이 앞에서 주저하고 있었다. 바위 제단에는 물그릇처럼 패인 곳이 있었는데, 그 안에는 붉은빛의 액체가 담겨 있었다. 불빛에 의한 착시효과였을까? 아니면 피였나? 아니면 물처럼 흐르는 불꽃일까?

악의 형상은 그릇에 담긴 물을 손에 묻혀 개종자의 이마에 악의 세례를 내릴 준비를 했다. 악의 낙인을 받은 사람들은 죄악의 신비에 동참하게 되며, 비밀스러운 죄악과 죄

prepare to lay the mark of baptism upon their foreheads, that they might be partakers of the mystery of sin, more conscious of the secret guilt of others, both in deed and thought, than they could now be of their own.

The husband cast one look at his pale wife, and Faith at him. What polluted wretches would the next glance show them to each other, shuddering alike at what they disclosed and what they saw!

"Faith! Faith!" cried the husband.

"Look up to Heaven, and resist the Wicked One!"

책감을 모든 타인과 공유하게 될 것이었다.

남편은 창백한 아내의 얼굴을 바라보았다. 신념 역시 남편의 창백한 얼굴을 바라보았다. 세례를 받고 나면, 그들은 악행에 전율하는 타락한 인간의 모습을 서로에게서 발견하게 될 터였다. 이를 본능적으로 깨달은 둘은 몸서리쳤다.

"신념! 신념!"

굿맨 브라운이 애타게 소리치며 아내를 불렀다.

"하늘을 좀 올려다봐. 사악한 악마에 맞서서 우리 함께 싸워보는 거야!"

제 6 장

그 끔찍한 밤을 보내고

From that fearful night

Whether Faith obeyed, he knew not. Hardly had he spoken, when he found himself amid calm night and solitude, listening to a roar of the wind, which died heavily away through the forest.

He staggered against the rock, and felt it chill and damp, while a hanging twig, that had been all on fire, besprinkled his cheek with the coldest dew.

The next morning, young Goodman Brown came

신념이 그 제안에 따랐을까? 그는 알 수 없었다. 굿맨 브라운이 말을 끝마치기도 전에 모든 것이 사라졌으니까. 정신을 차려보니 그는 고독한 숲속 한가운데에 홀로 서 있었다.

몸을 기댄 바위에서 축축하고 차가운 기운이 피어올라 피부에 스며들었다. 차가운 새벽이슬이 그의 뺨에 떨어졌다. 조금 전까지만 해도 세차게 불타고 있던 바로 그 나뭇가지에서 떨어진 것이었다.

아침이 밝은 뒤 굿맨 브라운은 느린 걸음으로 세일럼 마을로 돌아왔다. 마치 넋이 나간 사람처럼 그는 마을 어

slowly into the street of Salem village, staring around him like a bewildered man.

The good old minister was taking a walk along the graveyard, to get an appetite for breakfast and meditate his sermon, and bestowed a blessing, as he passed, on Goodman Brown. He shrank from the venerable saint, as if to avoid an anathema.

Old Deacon Gookin was at domestic worship, and the holy words of his prayer were heard through the open window. "What God doth the wizard pray to?" quoth Goodman Brown.

Goody Cloyse, that excellent old Christian, stood in the early sunshine, at her own lattice, catechising a little girl, who had brought her a pint of morning's milk. Goodman Brown snatched away the child, as from the grasp of the fiend himself.

Turning the corner by the meeting-house, he

귀의 교회 주변을 둘러보았다.

선한 목사가 아침 입맛을 돋우기 위해 공동묘지를 따라 산책하며 설교 내용을 묵상하고 있었다. 그를 발견한 목사는 축복을 내렸는데, 그는 마치 쏟아지는 저주에서 도망치기라도 하는 것처럼 몸을 움츠려 그 거룩한 성자를 피했다.

구킨 장로는 혼자 예배를 드리는 중이었다. 열린 창문을 통해 성스러운 기도 소리가 들리자 굿맨 브라운이 소스라쳤다.

"저 마법사 자식은 도대체 어느 신에게 기도하는 거야?"

아침 햇살이 쏟아지는 교회의 격자 창문 너머에 경건한 기독교인 구디 클로이스 권사가 서 있었다. 신선한 우유를 가지고 온 어린 소녀와 교리문답 시간을 보내고 있었는데, 굿맨 브라운은 마치 악마의 손아귀에서 아이를 구해내는 것처럼 소녀를 잡아채 데리고 나왔다.

교회 모퉁이를 돌자 신념의 분홍빛 리본이 힐끗 보였다. 신념은 근심스러운 표정으로 마을 앞에서 굿맨 브라운을

spied the head of Faith, with the pink ribbons, gazing anxiously forth, and bursting into such joy at sight of him, that she skipt along the street, and almost kissed her husband before the whole village. But Goodman Brown looked sternly and sadly into her face, and passed on without a greeting.

Had Goodman Brown fallen asleep in the forest, and only dreamed a wild dream of a witch-meeting?

Be it so, if you will. But, alas! it was a dream of evil omen for young Goodman Brown.

A stern, a sad, a darkly meditative, a distrustful, if not a desperate man, did he become, from the night of that fearful dream.

On the Sabbath-day, when the congregation were singing a holy psalm, he could not listen, because an anthem of sin rushed loudly upon his ear, and drowned all the blessed strain. When the minister

기다리고 있었다. 남편을 발견한 신념이 활짝 웃으며 달려왔고, 동네 사람들 앞에서 입을 맞추기라도 할 것처럼 안겼지만, 굿맨 브라운의 표정은 무겁고 슬프기만 했다. 그는 인사조차 하지 않은 채 무표정하게 아내를 스쳐 지나갔다.

숲속에서 보았던 악마 숭배자의 모임은 그저 꿈이 아니었을까? 굿맨 브라운이 숲속에서 잠들었던 것은 아닐까?

그럴지도 모른다. 하지만 그렇다고 해도 그 꿈은 젊은 굿맨 브라운에게 불길한 징조가 되었다.

무시무시한 밤을 지낸 후 그는 완전히 다른 사람이 되었다. 절망에 빠진, 아니, 어딘가 우울하고 음침하며 의심이 많은 사람이 되었다.

안식일에 신자들이 입을 모아 찬송가를 부를 때에도 그는 귀를 기울일 수가 없었다. 죄악을 찬양하던 그 날의 노랫소리가 귓가를 맴돌며 모든 축복의 가사를 흩어 버렸기 때문이었다. 한 손을 성경 위에 올린 목사가 교단 위에서 아무리 힘차고 열렬히 설교해도 마찬가지였다. 종

spoke from the pulpit, with power and fervid eloquence, and with his hand on the open Bible, of the sacred truths of our religion, and of saint-like lives and triumphant deaths, and of future bliss or misery unutterable, then did Goodman Brown turn pale, dreading lest the roof should thunder down upon the gray blasphemer and his hearers.

Often, awaking suddenly at midnight, he shrank from the bosom of Faith, and at morning or eventide, when the family knelt down at prayer, he scowled, and muttered to himself, and gazed sternly at his wife, and turned away.

And when he had lived long, and was borne to his grave, a hoary corpse, followed by Faith, an aged woman, and children and grand-children, a goodly procession, besides neighbors, not a few, they carved no hopeful verse upon his tombstone; for his dying hour was gloom.

교의 성스러운 진리에 대하여, 성자를 닮은 삶과 죽음으로 완성되는 승리에 대하여, 그리고 미래에 누리게 될 축복과 형언할 수 없는 불행에 관하여 이야기를 할 때도 그랬다. 굿맨 브라운의 얼굴은 하얗게 질리곤 했다. 백발의 신성모 독자와 그의 청중이 있는 이 교회당의 천장이 무너져내릴 까 두려웠기 때문에.

때때로 한밤중 갑자기 잠에서 깰 때면, 그는 신념의 품 에서 벗어나 잔뜩 움츠러들기도 했다. 아침저녁으로 온 가 족이 함께 모여 무릎 꿇고 기도를 드릴 때도, 그는 얼굴을 찡그리거나, 혼잣말로 투덜대거나, 아내를 무섭게 노려보다 가 그 자리를 떴다.

그는 그렇게 늙어서 백발노인이 되어 죽었다. 묘지로 옮 겨질 때는 할머니가 된 신념이 그를 따랐고, 아이들과 손 자들, 그리고 적지 않은 이웃 사람들이 그 커다란 장례 행 렬에 참여해 뒤를 따랐다. 하지만 그의 묘비에는 그 어떤 희망적인 비문도 새길 수 없었다. 그저 너무나 침울하게 살 다 갔기 때문에.

「월간 내로라」 시리즈는

깊은 성찰을 위한 질문과 정보를

함께 담고 있습니다.

펴낸이의 말

　무언가를 진실한 것으로 승인하고 마음에서 수용하면 '신념'으로 굳어집니다. 어린 시절의 신념은 교육을 통해 주입된 것들입니다. 이렇게 주입되어 뿌리내린 근거 없는 신념은 어른이 되는 과정에서 하나하나 꺼내어집니다. 치열한 의심과 검증을 통하여 '나의 신념'으로 굳어지거나 폐기됩니다.

　굿맨 브라운의 고향인 세일럼 마을은 폐쇄적인 청교도 공동체입니다. 모두가 같은 신념을 교육받으며 이에 따라 살아갑니다. '굿맨'이라는 이름이 '선한 사람'을 뜻하는 것처럼, 굿맨 브라운은 교회의 기준을 소중한 가치로 여기며 살아왔을 것입니다. 어여쁜 아내 '신념'을 따라가면 천국에 도달할 수 있다고 확신하는 것처럼 말이죠.

하지만 굿맨 브라운은 무언가에 이끌려 미지의 숲으로 들어갑니다. 아내를 절대 선으로 분류하는 그 본능에 따라, 숲에서 만난 자신을 꼭 닮은 남자를 절대 악으로 분류합니다. 남자는 묻습니다. 선이 무엇이냐, 악이 무엇이냐. 이도교 여성을 길거리에서 채찍질하고 원주민의 터전에 불을 지른 것이 너희가 말하는 선이냐. 너희가 믿는 신은 선하냐, 너희는 선하냐. 그리고 남자는 결론을 냅니다. 종교를 막론하고 인간은 악하다고.

이 이야기는 독실한 기독교를 배경으로 하지만 결코 종교 소설만으로 볼 수 없을 것입니다. 성장의 과정 어딘가에서 필연적으로 심어지는 의심의 씨앗과 깨달음을 은유하기 때문입니다.

이야기는 여러 부분에서 해석의 여지를 남깁니다. 나이든 굿맨 브라운의 모습으로 나타난 그 남자는 누구였을까요? 정말 악마였을까요? 그날 밤 일은 꿈이었을까요? 그렇다면 남자가 했던 말들은 모두 굿맨 브라운의 내면에 담긴 이야기였을까요? 밤의 제사가 망상이었는지 경험이었는지 우리는 알 수 없습니다. 하지만 분명한 것은, 생각이란 한번 떠오른 후에는 돌이킬 수 없게 된다는 것입니다.

타인에게 주입된 신념은 실낱과도 같아서 쉽사리 끊어집니다. 의심하게 되는 순간, 더는 신념이 아니게 되어버리고 맙니다. 굿맨 브라운이 악마의 의식 마지막에 신념을 선택하며 일상으로 돌아오게 되지만, 죽는 날까지 끝없이 불안해하고 의심하며 신념을 신뢰하지 못한 것처럼 말이죠.

당연시 믿고 있는 것들의 뿌리는 얼마나 깊습니까? 자신의 신념이 사실이 아닐지도 모른다는 불안의 목소리를, 애써 외면한 채로 살아가고 있는 것은 아닙니까?

인간은 어떤 삶이 더 나은 것인지 가늠할 만큼 전지하지 않습니다. 그렇기에, 자신의 선택을 최선이었다고 믿으며 온 힘을 다해 살아낼 뿐입니다. 존재하기 위해서는 선택해야 합니다. 인생이란 마치 거대한 파도 위를 부유하는 것과도 같아서, 결정을 보류한 순간에도 어디론가 흐르고 있기 마련이니까요.

- 어떠한 신념을 가지고 있습니까?

- 그 신념은 단단한 땅 위에 서 있습니까?

- 신념의 충돌을 경험한 적이 있습니까?

나는 오랫동안 거기에 가만히 앉아
세상이 나를 알아보기를 기다렸다.

And there I sat, long long ago,
waiting for the world to know me.

나다니엘 호손
Nathaniel Hawthorne
(1804~1864)

나다니엘 호손은 1804년 미국 매사추세츠주 항구도시인 세일럼에서 태어났다. 아버지가 어릴 때 돌아가시고 외갓집에서 자랐다. 보든 칼리지에 1821년 입학하였고, 1824년 대학의 우등생 클럽인 '파이 베타 카파(Phi Beta Kappa)에 선정되기도 했다. 이 당시 프랭클린 피어스와 친구가 되어, 피어스가 14대 대통령이 되었을 때 호손이 영국 리버풀 총영사로 임명되기도 했다. 학업에는 별다른 흥미를 느끼지 못하고 작가로서의 삶을 선택한다. 익명으로 자비를 들여 첫 작품 『팬쇼 (Fanshawe)』를 출간했는데, 훗날 발표한 작품들에 비해 미숙하다는 이유로 전량 폐기한다.

　　1838년 매사추세츠 화가 소피아 피바디와 결혼하였다. 어릴 적부터 병약했다고 알려진 소피아 피바디는 호손을 만난 뒤 만성적으로 앓았던 두통이 사라졌다고 한다. 그 정도로 둘은 서로를 사랑했고 신뢰했으며 행복한 결혼생활을 보냈다. 호손은 언제나 자신에게 필요한 것은 온 세상에서 소피아 하나뿐이라고 적었고, 소피아는 언제나 호손의 다음 작품을 기대하며 현 작품에 대한 찬사를 보냈다고 한다.

청교도 집단이 영국에서 건너와 미국의 식민지를 세운 시절부터 호손가는 중요한 관직을 차지해왔다. 세일럼 마녀사냥이 일어났을 당시도 예외는 아니었다. 나다니엘 호손의 조상, 존 호손(John Hathorne)은 세일럼 마녀사냥 사건의 특별재판관이었는데, 사건이 일단락 된 후에도 무고한 사람들을 마녀로 재판한 것에 대하여 후회하는 말을 하지 않았다고 전해진다. 나다니엘 호손은 마녀사냥 사건을 통해 엄격하게 이어진 청교도 정신의 폐해를 느낀 것으로 보인다. 그는 '기록하기도 부끄러운 역사상 가장 치욕스러운 사건'이라고 개탄했다. 대학 졸업 이후 호손은 성을 Hathorne에서 Hawthorne으로 개명했는데, 자신을 조상으로부터 끊어내기 위함이었다.

호손의 작품은 낭만주의(Romanticism) 혹은 어두운 낭만주의(Dark Romanticism)에 속하며, 인간의 본성이 내제한 악의 존재에 관하여 경고한다. 작품의 상당수는 청교도 식민지 시대의 뉴잉글랜드를 배경으로 하는데, 초현실주의와 로맨스를 결합하여 사람들의 내면을 상징적으로 또 엄밀하게 묘사한다. 대표작으로는 1850년 발표한 『주

홍글씨(The Scarlet Letters)』와 1851년 발포한 『일곱 박공의 집(The House of the Seven Gables)』이 있다. 보스턴 북동쪽 도시 세일럼에는 나다니엘 호손의 생가가 아직까지 보존되어 있고, 같은 부지에 소설의 배경이 되는 '일곱 박공의 집'이 재현되어 있다.

매사추세츠주 콩코드에는 '슬리피 할로우 묘지 Sleepy Hollow Cemetery)'가 있다. 19세기 미국의 사상가, 시인, 작가 등 많은 유명 인사가 안치되어 있는데, 나다니엘 호손은 이 중에서도 '작가의 묘지(Author's Ridge)'에 잠들었다.

청교도
Puritan

16세기 영국의 국교회는 종교개혁을 통해 로마 가톨릭 교회에서 분리되었다. 하지만 칼뱅주의의 흐름을 이어받은 개신교 개혁파들은 그 개혁에 만족하지 않았다. 그들은 가톨릭교회의 미신적 요소를 모두 배격해야 한다고 외쳤고, 비성경적인 전통을 반대하였다. 그들은 성경의 권위를 무엇보다 중시하였는데, 특히 엄격한 도덕과 주일의 신성화 엄수, 그리고 향락의 제한 등을 주장했다. 로마 가톨릭교회의 전승으로부터 자신을 깨끗이 지키자는 의미에서 '청교도주의(Puritanism)'라는 이름을 사용하기 시작한 것으로 보인다.

그들은 죄를 구원받기 위해서는 회심이 필요하다고 믿었다. 신은 설교를 통해 구원을 계시한다고 생각했고, 성령이 그 구원의 수단이 된다고 여겼다. 도덕적인 순수성을 지향했고 낭비와 사치를 배격하였으며 근면을 강조하였다. 인위적 권위와 전통을 인정하지 않았기 때문에 영국의 국교회의 핍박을 받았고, 종교의 자유를 찾아 미국으로 이주하였다. 계약 공동체를 건설하여 하나님의 거룩한 공화국을 실현하자는 이념으로 뭉친 그들은 새로운 땅에서 부흥하였다. 교육을 매우 중요시하여 개척지에 도착한 지 6년 만에 대학을 설립했다. 현재의 하버드 대학(Harvard University)이다. 하지만 폐쇄적이고 억압적인 생활 방식으로 인하여 마녀사냥이라는 불명예를 얻고 만다.

사실 청교도라는 단어는 아주 오래전부터 사용되어 왔다. 명확한 어원을 파악할 수는 없지만, 한 집단이 아닌 불

특정 다수를 향한 이름으로, 기독교의 극단주의자들을 비꼬는 단어였을 것이라 학자들은 추측한다. 그리고 18세기 이후로는 거의 사용하지 않는 단어가 되어, 이제는 17세기에 두드러졌던 가치와 신념의 신봉자들을 일컫는 단어로 굳어졌다. 오늘날 '청교도적 Puritan'이라는 단어는 쾌락주의의 반의어로 '금욕적' 혹은 '쾌락에 반대하는'이라는 뜻으로 사용되기도 한다.

세일럼 마녀사냥
Salem Witch Trial

1692년 미국 매사추세츠 주에 위치한 세일럼이라는 도시에서 일어난 사건이다. 당시의 세일럼은 독실한 청교도 마을로 엄숙하고 고요한 분위기 속에 성경적이지 않은 각종 유희를 철저히 배척하고 있었다.

어느 날, 마을의 성직자는 작은 소란을 발견한다. 그의 말에 따르면 9세~17세 여자아이들이 모여서 소리를 지르며 방안을 뛰어다니거나 바닥을 기며 해괴망측한 자세로 몸을 비틀고 있었다고 한다. 성경적이지 않은 행태에 아이들을 구금하고 며칠간 추궁했고, 아이들은 결국 보이지 않는 손이 나타나 자신들을 꼬집고 괴롭혔다고 진술한다. 하지만 그들의 몸에서는 아무런 증상도 찾아볼 수 없었다.

수일 후, 결국 아이들은 악마의 종이 자신들을 괴롭힌

것이며, 원주민 여인 '티투바(Tituba)'가 악마의 힘을 빌려 행한 주술이 분명하다고 진술한다. 티투바는 붙잡혔고, 자신 역시 한순간의 지령을 받았을 뿐이며 진짜 마녀의 정체를 알고 있다고 다른 사람을 지목한다. 그렇게, 마녀를 대대적으로 색출해내기 위한 특별 재판소가 설치되고, 마녀로 지목당한 사람들은 다른 '진짜 마녀'를 고발할 때까지 구금되었다. 이렇게 사건은 걷잡을 수 없이 확대되었다.

1692년 2월부터 1693년 5월까지 무려 200명이 넘는 사람들이 마녀 혐의로 고발당했고, 그중 25명이 혐의를 확정받아 교수형을 당했다. 그중 한 명은 답변을 거부한 죄로 압사 형을 선고받아 커다란 돌에 눌려 죽임을 당했다.

소동은 결국 시의 가장 저명하고 존경받는 인사들까지

연루된 후에야 끝이 났다. 특별 재판소는 해산되었고 투옥되어 있던 마녀 혐의자들도 풀려났다. 재판에 관여한 판사들은 훗날 자신들이 왜 그런 일을 했었는지 모르겠다고 대답했다. 뭐에 홀린 것 같았다고도 회상했다.

썩은 빵의 효모균 중독에서부터 재산 분쟁, 그리고 유행성 뇌염에 이르기까지, 세일럼 마녀재판의 비극을 불러온 원인에 대한 추측은 아직도 이어지고 있다. 무너진 사법체계와 이어진 전쟁, 그리고 종교적 갈등과 편협성 등의 이유로 당시 사람들은 타인에게 쉽게 영향을 받는 정신적으로 연약해진 상태였을 것으로 보인다. 이 사건은 한 사람의 감정이나 사고방식이 다른 구성원에게 전파된다는 집단 히스테리의 중요한 역사적 사건으로 기록되어 있다.

암흑 낭만주의
Dark Romanticism

암흑 낭만주의는 1930년 문학가 마리오 프라츠(Mario Praz)가 자신의 연구『낭만적인 고통(Romantic Agony)』에서 처음으로 사용한 단어이다. 낭만주의(Romanticism)의 하위 갈래로 여겨지며, 때로는 고딕 주의(Gothicism)와 하나로 분류되기도 한다.

낭만주의 문학은 논리와 사실보다는 감정과 직관을 강조하는데, 암흑 낭만주의는 감정과 직관 중에서도 언제나 타락할 수 있는 인간의 불완전성을 다룬다. 인간의 본성은 자신을 파멸로 이끌 죄악과 악함을 내재한다고 전제한다. 인간의 어두운 본성을 강조하게 되었다는 점에서 미국의 암흑 낭만주의는 19세기의 초월주의에서 태어났다고도 할 수 있다.

평론가 G.R. 톰슨(G.R.Thompson)은 암흑 낭만주의 문학이 사탄, 악마, 유령, 늑대 인간, 흡혈귀, 악령 등의 의인화된 악의 표상을 사용하여 인간의 어두운 본성을 상징한다고 보았다. 이들의 시도는 오늘날의 공포물, SF, 판타지 등을 비롯한 장르문학으로 발전하였다.

미국의 대표적인 암흑 낭만주의 작가로는 에드거 앨런 포(Edgar Allan Poe), 나다니엘 호손, 허먼 멜빌(Herman Melville) 등이 있다.

초월주의
Transcendentalism

19세기 미국은 문학적·사상적 빈곤 상태에 있었다. 이에 동부 지역의 사상가들이 모여 관념주의, 낭만주의, 신플라톤주의, 그리고 동양 사상의 부분 부분을 수용하여 일종의 조합 철학을 만들었는데, 이것이 바로 초월주의이다.

초월주의자들은 세상이 신과 동일하다고 생각했고 개인의 영혼이 세상과 같은 것이라 여겼으므로, 인간의 본성이 선하고 신처럼 완전하다고 믿었다. 개인의 순수성을 타락시키는 것은 사회나 단체이므로 독립적으로 자존 할 수 있는 상태를 만든다면 더욱 완전한 모습에 가까워질 수 있으리라 생각했다.

1841년, 스무 명 정도의 초월주의자들이 모여 보스턴 교외의 록스베리 지역에 이 유토피아적 농촌 공동체를 설립

했다. 이름은 브룩팜(Brook Farm)이었다. 나다나엘 호손은 초월주의 사상의 신봉자는 아니었지만, 결혼 자금을 모으는 데 도움이 될 것 같아 이 사회주의적 공동생활체에 합류했다. 호손은 일 년 뒤 결혼하여 다른 지역으로 이주했고, 브룩팜은 1846년 공동체의 중앙건물에 불이 나면서 1847년 해체되었다.

나다니엘 호손의 소설 『브라이스데일 로맨스(The Blithedale Romance)』는 브룩팜에서의 생활을 기반으로 초월주의를 비판한다. 낙관적인 초월주의자들과는 달리 호손은 인간의 본성에는 언제든 자기 자신을 타락과 몰락으로 내몰 수 있는 악이 내재되어 있다고 강조하며, 이러한 인간의 심연과 무의식의 이면을 문학을 통해 파헤친다.

"The more I learn about people,

the more I like my dog."

- Mark Twain

"인간을 알게 될수록,

내 개가 좋아진다."

– 마크 트웨인

월간 내로라 N'202106

한 달에 한 편. 영문 고전을 번역하여 담은 단편 소설 시리즈입니다.
짧지만 강렬한 이야기로 독서와 생각, 토론이 풍성해지기를 바랍니다.

굿맨 브라운

지은이 나다니엘 호손
옮긴이 차영지　　**우리말감수** 신윤옥
그린이 정지은　　**번역문감수** 박서교
펴낸이 차영지

초판 1쇄 2021년 6월 15일

펴 낸 곳 내로라

출판등록 2019년 03월 06일 [제2019-000026호]
주　　소 서울시 은평구 응암동 599-15 #504
이 메 일 naerora.com@gmail.com
홈페이지 naerora.com
인 스 타 @naerorabooks

ISBN: 979-11-973324-4-9